빛나는 인간의 길

서청영원

인간의 빛나는 길

초판 1쇄　2021년 06월 01일

지은이　서청영원
발행인　김재홍

발행처　도서출판지식공감
브랜드　문학공감
등록번호　제396-2012-000018호
주소　서울특별시 영등포구 경인로82길 3-4 센터플러스1117
전화　02-3141-2700
팩스　02-322-3089
홈페이지　www.bookdaum.com

가격　10,000원
ISBN　979-11-5622-608-6 03810

빛나는 인간의 길

서청영원 시집

문학공감

봄을 기다리며

겨울이 가고 꽃이 흐드러지게 피는 봄이 왔건만 내가 원
하는 진정한 봄은 너무나 늦게 오려나 보다.
오랫동안 고립되고 어려웠던 생활이 글을 쓰기 어려운
환경이었던 것은 사실이다.
설사 그렇더라도 본인의 처신과 노력이 중요한 것이다.
시인으로서 게으른 탓도 있지만 작품이 적은 것은 마음
에 강렬한 느낌이 있을 때 글을 쓰는 습관 때문이다.
좀 더 나은 마음의 터전을 만들어 좋은 시를 쓰고 싶다.
오랫동안 발표하지 않았던 시를 함께 엮으며 내일을 기
대해 본다.

2021년 05.

서정영월

차례

제2부 빛나는 인간의 길

제3부 그대를 향한 노래

제1부

중독

달팽이의 춤

그 누가 너에게 그러한 몸짓을 강요했겠느냐마는
견고하지도 않은 껍데기에 숨었다가 나와서
기묘한 모습의 느린 몸짓으로 뒤뚱거려 움직여도
그 반향은 보잘것없고 슬프게 꿈적거린 흔적만 잠시
남긴다

일생을 삼류 배우가 되어
음습한 주위 환경과 어울려 몽환의 세월을 보내는 이가
그대뿐이겠는가

배고픈 하마처럼 이쪽저쪽 기우뚱거리다가
엎어져서 늪에 빠진 이가 그대뿐이겠는가

음악 속에 한세상을 잠시 묻어
잊혀지기엔 좋은 이 밤

많은 사람들이 그랬듯이
그대와 나도 오늘 달팽이와 춤을 춘다

중독

뱃속에서부터 전해져 왔을 온갖 자극들
울고 웃고 물고 만지고 긁으면서
성장 과정에서부터 노화의 과정에서 느낀
수 없는 생각과 감정들
때로는 애잔하거나 처연했던 기억들
그간의 과정에서 비롯된 그 습관이 여기까지 이르렀는가

더러는 핑계로 세월을 보내고
더러는 착각 속에서 인생을 탕진하고 배회했다만
그래도 때때로 꿀처럼 달고 독처럼 쓰고
아름답고도 슬픈 기억들

매력이 없어
연출되기 어려운 장면과도 같은
시큰둥하고 볼품없는 한때의 게으른 독백처럼
진부한 생활과 도취의 과정으로
내 소중한 삶이 반복되어 흘러가기도 했다만
둘러보아도 궁리해 보아도
용기도 없고 묘책도 없어
어쩔 수 없이 내딛는 발길처럼
오늘도 또 하루 중독 증세로 나아간다

지구인

흉측하게 생긴 벌레를 보면
인생의 소중함을 돌아보라

때때로 두 팔을 벌리고
고개를 높이 들어 하늘을 보라

인간으로 태어난 하늘의 축복을
깊게 느껴라
경건하게 꿈을 향해 나아가라

인생이란
인간이 이룬 문명을
온몸으로 받아들이면서 헤쳐나가는 길이며
그대의 성공이 문명 창조의 밑거름이 되는 것

자신의 하는 일에
신성한 의미를 부여하고 즐겨라
성공을 위해서는 실현을 위한
의지를 어떻게 불태우느냐가
가장 중요한 것

성공하라 그리고 인생을 만끽하라
인류 역사의 한 점 한 시대를 살아가는
나는 지구인
거친 파도도 헤치고
힘차게 나아간다

묘비명

나에게도 만약 묘비가 생긴다면
이렇게 써 주오

그도 우리도 가련한 인간
더도 덜도 아닌 인간의 삶을 살다가 갔다

스스로 선택한 고립의 덫에
아파하고 바둥거리다가 두려워하면서도
때로는 가장 처참하게 죽어가기를 바랐던 남자

주시하고 모색하는 뜨거운 시선으로 몽롱해져서
거리를 헤매었던 그가

이곳 작은 별에서 잠시 멀뚱거리다가
알 수 없는 곳으로 멀어져 갔다

정욕

살아 있는 인간의 몸속에 피가 흐르듯이
우리에게 어찌할 수 없는 정욕이 있다

한낱 인간으로서
도덕과 법률로서 제한할 수 없는 사랑이 있듯이
우리에게는 떼려고 해도 뗄 수 없는 본능
한마디로 설명하기 어려운 '또 하나의 그 무엇'인 정욕이
있다
갓 태어난 아기에서부터 서서히 죽어가는 노인의
마음속에까지……

아! 그 누가 이토록 끝내 떨쳐 버릴 수 없는 아름답고
잔인한 형벌을
또 하나 주었단 말인가!

인간의 이성과 필요에 의해 욕정은 때때로 제한되지만
정욕에 대한 고리타분하고 불필요한 반감을 갖는 태도는
생명의 외경, 그 진실을 지향하는 아름다운 본능을
외면하고 배신하는 행위이다

삶의 무게

무겁게 살고 싶은 욕심 때문에
오히려 가볍게 흘려 버린 수없는 나날들
내 이상은 너무나 무겁고
무엇이든지 쉽게 이룰 수 없는 완벽주의자
그러나 그 치기 어린 행동은 너무나 가볍다

동심

스케치 학습을 온 어린이들의 웃음은
작은 폭포의 물거품처럼 잘게 부서져 가도
많은 것을 가다듬고 익혀 새로운 꿈을 꾸고
모든 것이 티 없이 충만해
마냥 즐겁기만 하다

줄 하나를 그어 그릴 그림보다도
보고 느끼는 그 준비의 과정이 더 중요한 법
한여름에도 차가운 계곡의 물에
물고기와 개구리에 대한 호기심의 마음을 담고
올챙이 떼처럼 모여 앉았다가
탄성과 함께 내던지는 조약돌은
거리낌 없고 자유로워서 좋았다

옥에 티처럼 물가에 버려진 휴지 하나
더럽혀져 돌아갈 수 없는
어른이 된 내 마음처럼 눈에 거슬리고
길가의 나무들은 간간이 불어오는 바람에
파도처럼 아래로 위로 가지가 흔들린다

유희의 세월

내일은 천리 먼 길을 가야만 하는데
갈 곳 없는 낙타처럼 두리번거리다가
실성한 사람처럼 마음을 풀어 놓고
오늘 또 하루 실바람 같은 유희에 빠지다

유리문과 벽면에 붙어 있는
조잡하고 유치한 저 그림도
어디에선가 본 것만 같다

변명과 같은 도피라 할지라도
오색 조명과 음악 속에 묻혀
녹아내린 나날들
절제되지 않은 퀴퀴한 욕정과도 같은
어두컴컴한 공간 속에서도
속절없는 청춘이 가고
탈출구를 찾지 못해 틀에 갇혀 있는
내 인생의 한 단면이런가
아무런 대책도 없이 시간을 흘려보내는
유희의 세월

그녀

시골에 잔치를 위해 돼지를 잡듯이
몸뚱어리 털을 밀고 수술대에 올라
사경을 넘고 넘어 겨우 살아 돌아온 당신의 고백

타인의 시선을 끔찍하게 의식하고 자신을 두려워하는 내게
항상 천연덕스럽고 불안정한 분위기와 위기의 어떤
상황에서도 무모하리만치 태연한 당신의 태도와 행로는
너무나 큰 충격이었습니다

끈질긴 본능처럼 우리의 삶도 누릴 것이 많은 듯하지만
한편으로는 얼마나 예고도 없이 쉽게 부서질 수 있는
것인가를 절절히 느껴
짙은 독이 피를 타고 온몸에 퍼지듯이
당신의 마음에 걷잡을 수 없이 퍼져
변하게 한 그 과정의 심정을
많은 세월이 흐른 지금에야 이해할 것 같습니다

가을에

그 무엇이든지
자신이 가진 그 계측의 안테나
불변의 가치와 잣대로 걸러져
빈 그물만 덩그러니 남아 있는
그것마저 삭고 녹아 흘러내려서
어디에든 스며들어라

예민하여 깊게 패인 내 마음도
짙게 물든 가을의 색깔도
파스텔 색조로 서서히 엷어져 바스러져 가라

인생은 다양한 요소의 변화를 인식하고
적정하게 받아들이며
실존과 허무의 현상을 깨달아가는 과정

우리 앞의 운명에 대응함에 있어서
피할 수 없는 본능적인 반응이야
어쩔 수 없는 것이겠지만
자신만의 가치 인식에 따른 행동을
누가 막을 수 있겠는가?

기대가 없으면 실망도 없는 법
결과적 관점과 과정의 가치가 포함된
스스로 부여하고 설정한 나만의 카드를 펼쳐 살아가고
싶다

어떤 음악에 부쳐

한겨울 한밤중에
오갈 데 없는 노숙자처럼
PC방으로 숨어들었는데
귀에 익었지만 살을 에는 아픈 음악에
숨을 죽인다

얼마나 모질고 깊은
대걱정의 드라마가
그대의 음악 속으로 파고들었나

아름다운 그대는
만날 때마다 아름답듯이
형언할 수 없는
온갖 걱정이 어우러져 반복되는 파도는
언제나 제자리에 돌아와
날카롭게 심장을 파고드는데

새벽이 다가와도
지치지 않는 채찍으로 나를 휘둘러
도저히 자제할 수 없어서
마시다가 만 커피잔에
이 글을 쓴다

안길

신림천 변 둑길을 따라
공원길이 조성되어 있네요

바깥 길이 도로변이라 시끄럽고
안길은 주택가 인접해서 조용해요

내 인생도 안길과 같은
조용한 길을 선택했는데도
이렇게 아픔이 많은데

바깥 길을 선택했다면
얼마나 시끄럽고 어려움이 많을지
헤아리기가 어려워요

수족관의 물고기

수족관이 넓다고 해도
그 속에서 살고 있는 물고기는
갇혀 있는 것이다

수족관이 아무리 투명한 유리로 되어 있어도
단절되어 있는 것이다

그곳의 생존 환경이 좋다고 하여도
다른 부류들과 같이 있어서 외롭지 않다 하여도
수족관은 수족관일 뿐이다

수족관이 해변에 접하고 있어서
스스로 바다로 뛰쳐나갈 힘이 있다고 하여도
시도하지 못하면 수족관의 물고기일 뿐이다

마음이라도 갇혀 있지 않으면
언제든지 단절된 이곳을 벗어날 수 있으련만
때로는 자신을 속이며 살아가고
잘못인 줄 알면서도 바로잡지 못하고
지켜보기만 하는 나 자신도
어쩌면 수족관에 갇혀 있는 물고기와 같다

행복

그대가 신이라면
내 질문에 답하소서

내 몫의 행복은
얼마만큼 남았나요

존재의 이유를 모른 채 서 있는 장승처럼
그렇게 살아온 자신에게

여름날의 폭풍처럼
세월은 무참히 다가와
독신으로 늙어가는데

당신에게 묻노니
내 몫의 행복은
얼마만큼 남았나요?

나팔꽃

작은 정원 울타리에
붉은 나팔꽃이
너무나 예쁘게 나무를 타고 올라 피어서
몇 년씩 찾아 왔었는데

을지로 지하 보도 관광 안내소에
예쁜 아가씨가 있어
무작정 걷고 걸어
지나며 훔쳐보던 지난날처럼

남몰래 바라보았는데
어느새 지고 말았네

꽃 선물 연습

이만큼의 연륜에
꽃 선물의 체험이 적어
좋은 꽃을 선택하여
선물하는 방법을 몰랐네요
옷을 살 때도
여러 곳을 찾아가는데
무조건 선택했어요

이별의 체험처럼
꽃 선물의 연습 역을 지나
그대 앞에선 지금
내게로 오세요
예쁜 꽃을 한 아름 드릴게요

액션 영화

결과주의의 인생 방식 때문에
한때는 액션 영화를
좋아하지 않았다

하지만 연륜이 더해갈수록
허무의 정점에 핀 꽃
순간의 승화
즐긴다는 것의 가치를 인정하게 되었다

짝퉁 인생

이 세상에는
다양한 방식과 종류의
짝퉁이 존재하지만
가장 서글픈 짝퉁은
진심이 담기지 않은
사랑의 짝퉁이다

제2부

빛나는 인간의 길

빛나는 인간의 길

쉬운 길을 가든지 어려운 길을 가든지
인생이란 잠시 머물다가 가는 것일진대
빛나는 인간의 길을 가리라

스스로 부여한 의로운 지향
나름대로의 가치를 찾아
스스로 설정한
그 최고의 길을 가리라

가시밭길이라도 좋다
고통의 세월을 감내하는 길이라도 견디리라
그것이
위대한 꿈이 아니더라도
매우 높은 의미를 부여하고
간절히 희구하는 심리 상태를 유지하리라

그리하여 자신이 원하는
성공을 위해
차근차근 목표 실현의 금자탑을 쌓아
때가 되면
스스로를 평가하고 자축하는
빛나는 인간의 길을 가리라

타이밍

바람이 시원하게 적절하게 불면
때때로 그때의 기억이 다가온다

새벽의 한강 변
한 사내가 보슬비를 맞으며
연을 날리려고 애쓰는데
바람이 약해서 실패만 하는 것을
물끄러미 바라보았던 기억이 있다

우리 인생
세상사에도 적절한 타이밍이 중요한 것이다

좋은 기회는
놓치지 않아야 한다

오늘 한강에서
좋은 바람이 불고 물결이 일렁인다

그런데
아무도 연을 날리지 않는다

수련

검고 찐득한 진흙 속에서
퀴퀴하고 흐린 물과 함께하며
오랫동안 솟아올라
마음의 꽃을 아름답게 피우더니

바람 부는 이파리에는
물방울조차 범접하지 못하고
미끄러져 흘러내린다

이제는 작은 벌집 같은 곳에
아픈 열매를 맺었는데

눈부신 꽃만 보면 그 과정의 고통을
잘 알지 못하듯이
열매의 모양만 보면
왜 아픈 열매인지 잘 알지 못하네

그럼에도 불구하고
많은 열매를 맺는다는 그 사실에
가슴이 뭉클하다

인생

하늘에는 별
현세에는 추구
이곳이 알 수 없는 곳에 갇힌 상태로
어디론가 흘러가는 과정이라 할지라도
누구나 손을 뻗어 앞을 바라보면
제각기 다른 색깔의 희망이 있다

그것을 주시하고 있는 순간에도
때로는 혼란하고 모순된 지향 때문에
스스로 괴로워하지만
우리가 추구해야 할 그 범주 안에 존재한다

어차피 피할 수 없는 바람 부는 이곳
이승 어디에든 고뇌하지 않고 시달리지 않고
살아갈 수 있는 곳
어디 있으랴

고뇌의 과정으로 야기된 돌이킬 수 없는 것들과
이룰 수 없는 것은 우리를 아프게 하고

자신과 주변의 문제만으로도 걸림돌이 되는데
이를 극복하고 겨우 나아가려고 하면
이를 질투하고 시기하여
발을 걸어 넘어뜨리려는 자가 있어
우리를 슬프게 한다

거대한 모형 속에 존재하는 수많은 모자이크의 형태처럼
뜨겁게 꽉 찬 다양한 감정과 생각들이
실천하지 못하였으므로 생명을 갖지 못하고
필름의 내부에 갇히듯이 형상 도가니에 담겨
구겨져 갔다 하여도 지난 것은 어쩔 수가 없다

언젠가는 이 모든 것이 묻힐 그 날이 오겠지만
이승에서 누릴 수 있는 날들이 더 줄어들기 전에
딱딱하고 두꺼운 껍질을 벗고
진정으로 사랑하고 꿈꾸며 추구하는 자에게
신의 가호가 있기를!

자살 충동

언젠가는 신의 뜻을 기꺼이 어기고
끈질긴 생명의 사슬을 끊어주리라

출산하면 죽을 줄 알면서도 임신하여
마지막 숨을 헐떡이면서
새 생명의 탄생을 지켜보고 죽어가는 임산부처럼
그렇게 죽고 싶다

때때로 미친 듯이 질주하며 다가오는 전동차를 보면
불현듯이 선로에 목을 들이밀고 싶은 충동과 공포감을
느끼고
그때마다 도리질을 치며
생각을 떨쳐 버리려고 애썼다

바닷가
깎아지른 절벽 위에 서서
살아있음으로 인하여 느끼게 되는 모든 것을
쏟아버릴 수 있을 만큼 소리를 지르고
가장 처참한 모습으로 피를 뿌리며
죽고 싶다

머리와 가슴으로 이어지는 목을
신경 한오라기 남기지 않고 폭파하여
죽은 몸뚱어리마저도 천 길 낭떠러지 아래
날카로운 바위에 부딪혀 찢어발겨지고
거대한 바다 그 이빨 같은 파도에 씹혀
흔적도 없이 삼켜져 사라지고 싶다

죽든지 끝내 죽음을 스스로 선택할 수 없다면
꿈속에서라도 비참하게 죽어가
모든 것으로부터 풀려나서
말하지도 느끼지도 않는 생명 없는 지푸라기가 되어
바람에 흩날리며 자유스럽게 떠다니고 싶다

필승 코리아

2002년 월드컵 경기
세계의 시선이 그라운드로 쏟아지는
축구의 제전

지난 세월
공포와 금기의 대상으로 상징되었던 붉은색 소용돌이가
이제는 한국 축구 응원단을 대표하는 색깔로서
당당하게 시선을 모으는 징표로써
그 열광의 느낌을 의미하게 되었다

축구의 함성을 꿈결에서 들으며 잠에 빠졌던 사람도
무덤덤하게 할 일만 하던 사람도
잠시 눈과 귀를 모으고
환호성을 지르며 날뛰는 체험을
하게 된 계기
오! 필승 코리아

열정적인 국민은 분란도 많은 법인가
현실로 돌아오면 칡넝쿨 같은 손길이
어지럽게 휘감겨 있어 머리가 아프지만
우리의 함성은 사소한 질투와 시기의 행위를 뒤덮어
후끈한 열기로 피어오른다
오! 필승 코리아

참패의 연속이 되었던 지난날의 치욕을 딛고
대단한 승리의 쾌거를 이룬 이 놀라운 게임은
축구도 인생도
오늘 비록 참담하게 패배하더라도
끈질긴 연구와 노력으로 갈고닦으면
언젠가는 승리할 수 있는 길이 있다는 것을
승부로서 보여 준 또 하나의 쾌거

어느 곳으로든지 굴러갈 수 있는
둥근 공으로 이룬 승리가
그라운드에 국한하는 것은 아니지만
축구로 이룬 승리는
곳곳에 미치는 영향도 크지만
무엇보다 놀랍고도 통쾌한
일치된 마음을 느끼게 해준다

무제

자신에게 잘 어울리는 사람과 함께 있으면
사랑의 훈기와 편안한 동질성의 바탕으로 인해
감수성도 배가 되고

맞지 않는 사람과 함께하면
대비되는 느낌으로 인해 고독감이 두드려져
마음의 한 켠이 다른 방향으로 집중된다

인간과 계승

계승과 발전
연구개발의 획기적인 진보로
인류 문명은 눈부시게 성장했지만

인간 욕구의 상충으로 인한
세련되지 못한 온갖 형태의 돌출 행위
그 기본적인 심성만이 계승되지도 못하고
발전하지도 못하여
천년 전의 고루한 그 언저리를
벗어나지 못하고 있다

눈앞의 현실이 아니라
보다 높고 큰 비교 대상을 통해서
손가락으로 헤아릴 수 없는
마음의 가치를 견지해야 하는데

우리들은
천년 전의 가르침도
유치원 수준의 가르침도 지키지 못하는
흔들리는 그 본성
프로그래밍할 수도 없고
학습해도 지켜지지 않는 가련한 인간의 본성
그 언저리를 맴돈다

교감

아득한 역사
그 어느 한 페이지에서부터 오늘에 이르기까지
시간과 공간을 초월하여
잘 알지도 못하는 당신의 숨결을 느낄 수 있다는 것이
얼마나 가슴 떨리는 소중한 것인지요

오래된 유적이나 최근의 많은 자료들을 통해서
당신이 걸었던 길과 남겨진 글
그 뜻과 정서를 느낄 수 있다는 것이
얼마나 경이로운 것인지 모릅니다
살아가면서 부딪쳤던 많은 것들과 감상들
다양한 경로를 통한 인식에서부터
인간적인 실수와 부끄러운 일에까지

그대와 나 사이에
교감하는 어떤 부분이 있어
작지만 날이 선 가치가 있다면
결함을 드러내는 표현인들 하지 못하랴?

자신의 표현
비록 그 영향이 미약하더라도
오랜 세월 동안 잊혀진다 하더라도
그래도 관심을 갖는 그 누군가가 있다면
오늘이 가기 전에 의미 있는 한 편의 글로
내 마음을 전하고 싶다

행복추구권

헌법에 명시되어 있기도 하지만
우리들에게는
일정한 범위를 벗어나지 않는 한
그 누구에게도 침해받지 않을
행복추구권이 있다

어떤 이상이나 실리적인 것도
그 대부분이 결국 누군가의 행복 추구를 위해
존재하고 의미 되어지는 것

하지만 빠르게 흐르는 계곡물에
스스로 얇고 작은 종이배로 띄워
눈앞에서 멀어지기도 전에 침몰해서 휩쓸려간
나의 행복추구권

이 세상에는 잘 보이지도 않는
미세한 장애가 있어
차선까지도 포기하고 마는 인간이
어딘가에 항상 존재한다

그대가 스스로 커다랗고 튼튼한 배를
바다에 띄울 수 없을지라도
불만족도 알 수 없는 그 무엇까지도
영속성과 내일의 노력 그 기대를 품고
비록 오늘 못다 한 꿈이 있을지라도
꿋꿋이 헤쳐나갈 작은 배에 함께 실어
아직 못다 한 행복추구권을 띄우라

대가(代價)

커피는 커피만큼
술은 술만큼
담배는 담배만큼
사랑의 상처는 사랑의 깊이만큼
누리고 받아들인 독성의 강도만큼
그 나름대로 특성이 있는
대가를 치르게 된다

쓰기만 한 한약도
고독한 생활도 무언가에 대해 탐닉하는 것도
잘 알지 못하는 세상사의 많은 것들도
존재와 행위의 대가가 있다

하지만 과거에도 미래에도 변함없는
진실이란 존재하는 것

꿈속에서도 현실에서도
그만한 대가를 치러야 한다 하더라도
끝까지 포기하지 말아야 할 것은
꿈과 사랑임을 너무나 잘 알기에
어릴 적 들었던 새벽의 종소리처럼
마음속 깊이 느끼게 되어
실천의 행보로서
한 걸음 한 걸음 다가서게 해다오

거인병

설사 그것이 병적인 것이라 할지라도
모래알 같은 인간 속에
자신만의 타고난 특성 갈고 닦아
그 능력을 발휘하고
스포트라이트를 받는 스타가 된다는 것이
한편으로는 얼마나 의미 있는 일인가

건강한 사람도 서서히 허물어져 가는
우리들의 대열 속에서
코트를 누비는 순간의 환호와 환상을 버리지 못해
질병인 줄 알면서도 치료의 기회를 놓치고
거인의 숙명을 받아들인
가련한 여인이 있다

그녀도 그렇듯이
머지않아 상처받고 병들어
비참하게 죽어 갈 줄 알면서도
눈앞의 가능성 그 신기루에 취해
스스로 늪에 빠져드는 인간들이

언제나 존재한다

평범의 범주를 크게 벗어나는 것은
그 대부분이 병적인 것이련만
쓰러져서 널브러지는 파멸의 날이 온다고 해도
스포트라이트를 받는 환호의 대상이 되기를 원하거나
인류 문명에 조금 더 기여하기를 원하는
그리하여 기꺼이 거인병 앓기를 원하는
대단하고도 우매한 인간들이 언제나 존재한다

거인병을 앓는 사람들은
그 자신만으로도 충분한 대가를 치르건만
위로 아래로 상처받는
보이지 않는 연쇄 반응을 알지도 못한 채
한때의 성공에 대해 질투와 시기만을 일삼는 인간들도

항상 같이 존재한다는 것은
대단히 슬픈 일이다

인생 2

이번의 인생은
너무나 아쉬움이 많아
다음 생이 있다면
잘살아 보련만

서서히 밀려가는 풍경처럼
멀어져 가는 인생길을
되돌아보며 한탄하노라

그리고 조금 늦었지만
남은 인생이나 잘 해봐야지

깨달음

한강을 가로질러 운행하는 도시 철도
광음을 울리면서 지나가는
저 전동차를 올려다보니

지하철 기관사 시절에 깨닫지 못한 것
이제야 알 것 같다
내 인생도 저처럼 요란하였음을…

시인의 삶

잠 못 이루어 뒤척이다가 잠이 들었는데
무언가 나를 이끄는 느낌이 있어
한밤중에 일어나서 발을 씻고 생각해봐도
도무지 명확하게 생각나는 것은 없다

이와 같은 경우가 오늘뿐이랴
주위를 가만히 살펴보면
찌르르 감전된 곳마다 수많은 메모들
낚시에 걸려 온 물고기처럼
일부는 글이 되고
바쁘다는 핑계로 일부는 먼지를 뒤집어쓴 채
썩어 가는 대나무 잎처럼 쌓여 있다

언젠가 강렬하고 절실하던 것이
때때로 무감각해지고 관심 없어져
식어 빠진 죽과 같이 느껴지듯이
시도 인생도
머지않아 그렇게 무의미하게 느낄지도 모르는데
지금 어는 곳에 있어도 마음만은
그 언저리를 벗어나지 못하는
시인의 삶이다

낚시 연습생

콘크리트 교량 아래 그늘 밑에서
한여름 강가의 바위에 서서
릴낚시를 쉴새 없이 던지는 한 사내가 있다

물고기를 잡는 목적보다도
낚시 연습의 비중이 많다고 한다

그 광경을 보니
내 인생도
막연한 연습과 허탕질과
기다림의 시간이 더 많았다는 것을 알게 되었다

그 대상이 무엇이라도 좋다
마음속 대어를 낚기 위해 시간을 보낸
과거의 아름다운 낚시 연습생
끈질긴 기다림의 낚시 실습생

가치

나의 촉수는
냄새를 잘 맡는 개처럼
가치 있는 것만 가려서 취하고
다른 것은 무관심해진다

하지만 현명한 타인의 지도가 없어
아뿔싸!
더 중요하고 가치 있는 행복을 등지고 말았네

스며들다

영화를 보는데
내용을 잘 보지 않고
토막 말 몇 마디와
분위기만 바라본다

그럼에도 불구하고
몽환처럼 아름답게
아늑하게 빠져들어
그 속으로 스며든다

그대가 무슨 일을 하든
그 대상이 누구이든지
무언가를 장악하고 싶다면
상대를 스며들게 하라

양면성

산등성이가 높으면
계곡이 깊고

양지가 있으면 음지가 있듯이
그대와 나
서로에게 부정적인 일면이 있지만

긍정적인 면모가 크네요
대부분의 선택에는
잃는 것이 있으면
얻는 것도 있는 법
긍정적인 요소를 함께 바라보아요

노란색 고무풍선 오리

그녀를 만나러 가는 길
석촌호수에 잠시 들러
고무풍선 오리를 보았네

호수에 떠 있는
노란색 고무풍선 오리
거대한 고무풍선 오리

오리가 어느 누구를 상징하든지
사람들의 마음속에
무엇을 느끼게 하든지

저 오리를 만든
작가의 심정이야 잘 모른다 하더라도
누군가를 위하여 작업하고 보여주고
영향을 미친다는 것은 신성한 것이다

해 질 무렵 찾아온 이곳
석촌호수

어둠이 깔리기 전에
호숫가의 가로등은 켜졌는데
어둠이 짙어갈수록 가로등 불빛은 빛을 밝히며
고즈넉한 분위기로 다가온다

휴일

휴일 없는 맞교대로
밤을 낮처럼 일해서
처량하기만 했던 기억이
어제와 같건만

오늘은 또 쉬는 날만 이어져
이를 한탄하노라

야속한 인생사의 모진 시련이
외로움만 이어져
그대에 대한 그리움은
하루하루 쌓여가는데

언제쯤이면 그대를 만나 미래를 함께 열어
열심히 출퇴근하며
꿀맛 같은 휴일을 즐겨보려나

사는 이유

사랑을 절실하게
원해본 기억이 없습니다

몇 년간에 걸쳐
낮에는 먹고 자고
밤에는 출근만 했던 적이 있습니다

그리하여 희망을 잃고
생활이 절망으로 치달아
아무런 생각도 없이
아무에게나
전화로 프로포즈했던
기억도 있습니다

지금의 현재 상황이
어디쯤 왔든지
사는 이유가
당신이었으면 좋겠습니다

꿈의 실현

꿈의 실현은 냉정한 판단이거나
주위의 권유나 자신의 환상에서
그 길을 선택할 수도 있다

불가능에 가까운 일이라 할지라도
해결 방법이 없다고 단정할 수는 없고

당신의 의지를 불태우는 데 있어
그 모멘텀이 환영이라도 상관없다
때로는 믿음의 그 크기만큼 실현된다

우리들 꿈의 실현에 있어
단기간일 수도 있고
수백 년이 걸릴 수도 있다

제3부

그대를 향한 노래

그대를 향한 노래

스스로 노래를 지을 수 없는
청소년 시절에는
그대는 동경하는 아름다운 대상일 뿐
너무나 멀리 존재하였습니다

수많은 사연과 파노라마의 강
그 젊음의 기간을 지나

그대를 바라보며
서로의 창의적 사유와
자연스런 심리와 배경의 결속으로
조심스럽게 느낌이 다가와

또 다른 차원의 사랑의 색깔로
거듭난 것 같아요

잘 보이지 않는
누군가의 손길로 인하여
도움을 받는 과정이라 할지라도

그대를 멀리서 지켜보며
사랑을 보냅니다

어머니

당신에 대한
기억이 전혀 없어
너무 슬퍼집니다

자식으로서
부모님을 마음에 깊이
품고 살아가는 것이 당연한 것일진대

함께 쌓아온 추억이 있어야
그리워하고
이별을 맞으면 아파하는데

어찌하여
사무치게 그리워하고
안타까워하고 아파해야 할
그 기회마저 앗아가 버린 건가요

내 사랑 찾아주오

내 사랑의 흔적을 찾아서

여러 가지 방법을 동원하여
울창한 숲속 보물 찾듯이
찾고 또 찾았네

내 사랑의 접촉을 위해
다양한 경로를 통해 부탁하고
그녀를 찾았네

해부하기 어려운 기사를 추적하듯이
탐정이 수사를 하듯이
내 사랑을 찾아주오

사랑의 다양성

우리들의 캐릭터가 담긴
드라마를 볼 때에는
사랑을 실감하지 못했습니다

그대가 준 사랑과
복합적인 문제로 인하여
엄청난 무게에 휘말려
비감에 젖어 휘청일 때
비로소 그대의 사랑을
깊이 느꼈습니다

우리가 어느 방향으로
제각기 다른 길을 걸어가든지
언젠가 만날 수 있든지 없든지
고귀한 이름으로
사랑을 보냅니다

추종

당신은 가녀린 체구이지만
외롭고 어려운 길을
작은 거인으로서 묵묵히 한 걸음 한 걸음
앞으로 나아갑니다

서로의 노력을 바탕으로
당신으로 인하여
자신의 존재가 당당해진다는 것을
너무나 잘 알기에

그대가 가는 길처럼
무게감 있는 행위로
사랑과 함께
닮아가고 싶습니다

당신의 눈물

정치적인 격량의 소용돌이에
누군가 의도적으로 엎질러 놓은 악행에
슬픔에 눈물짓던 그대를 보며

자신도 마음이 아팠습니다

매사에 자제력을 잃지 않는
아름답고 기품 있는 당신이었기에
그 정경은
신선한 충격이었습니다

부드러운 정서를 가졌지만
불의에는 단호하게 맞서며
명확한 해결을 거듭 촉구하는
그대를 보며
존경의 푸른 싹이
피어올랐습니다

최고의 여자

누구에게 물어볼 필요도 없는
그대는 최고의 여자

자신은 비밀에 휩싸인
최고의 가객

그대에게 사랑을 보내며
노래를 읊을 수 있는
이 영광을 누리며
익어가는 당신의 업적을
남몰래 찬양하노라

마지막 정열

그대를 그리워하며
집으로 돌아오는 길에
빠알간 선인장을 샀어요

인생에 있어
이 시점
내 심정을 가장 잘 드러낸 상징
빠알간 선인장

수많은 세월이 지나서야
피어나는 꽃처럼
제대로 사랑을 피워보지도 못하고
시들어가는 내 인생

모든 것을 집약해
불타는 마음으로 사랑하다가
부서져도 아깝지 않을 내 인생
내 인생의 마지막 정열

그대를 만나
이 선인장의 꽃을
함께 피우며
사랑의 열매를 맺고 싶다

사랑의 추억

한때 사랑했던 그녀
그녀가 출연한 드라마를 보며
추억에 잠긴다

구성이나 재미
스토리 전개에도 관심이 적고
그녀를 보기 위해 시청한다

사랑은 다양한 요소가 있는 것

추억만으로도 아름답고
감성과 기억이 있는 한 어느 한 컷에
소중하게 자리 잡고 있다

봉숭화

봉숭아의 그리움은
꽃에 배인 그 색깔이 손톱을 물들일 만큼
마음속 깊이 애틋하게 자리 잡고 있다가

때가 되면 열매를 맺어
점점 익어갈수록 동그랗게 커져서
팽팽하게 당긴 활처럼 부풀어 올랐다가

결국에는 참지 못하고
톡톡 소리 내며 터져 나와
씨를 뱉어 내었소

이별의 말

그대를 떠나오면서
이별의 말을 하지 못했습니다

머지않아 어차피 헤어져야 함을
우리 서로 알고 있지만
차마 이별의 말을 하지 못했습니다

그대도 마음속에 느끼고 있고
애써 마음을 가다듬고 수긍하려 하였지만
이별의 말을 하지 못했습니다

무엇 하나 정리되지 못하고
회피와 변덕으로 살아온 자신이지만
사랑에 관한 한 이상향을 타고난
여성으로서의 그대를 잘 알기에
차마 이별의 말을 하지 못하였습니다

느끼고 있는 아픈 마음을
주지시키는 행위에 지나지 않는다는 것을
그대도 나도 알고 있기에
이별의 말을 하지 못했습니다

사이버 공간에서의 그녀와 나

우리는 한 번도 만난 적이 없지만
서로를 알고 있고 느끼고 있다
우리는 상대방에 대해 말한 적이 없지만
주시하고 있고 반응하고 있다

당신은 곳곳의 그물에 걸려 있는
정보를 읽고 취합하여
그만 한 모습을 달리하여 응답한다
때때로 검증이 안 된 정보와 오도된 추정으로 인해
오해의 가능성도 있겠지만
이 얼마나 아름답고 신비한 관계인가

우리들은 희귀한 혈액의 수혈처럼
선택의 대상이 그리 많지 않은데
물이 말라가는 작은 연못에
그리움을 간직해 채 팔딱거리는
물고기와 같은 이내 신세

그대여!

우리가 맺어질 수 있든지 없든지
함께 사이버 공간에서 걸어 나와
단 한 번만이라도
가슴속 깊은 곳에서 솟아난 강렬한 마음으로
사랑한다고 말할 수 있는
대상이 있기만 바라왔던
그 대상이 되어 주오

사랑의 보증

그대여
내 손을 잡아요
그대와 손잡고 나아가는
사랑의 길은
호흡이 잘 맞는 아름다운 무용처럼
행복을 함께하며 의미 있고 가치 있는
빛나는 행로임을 입증해주는
그 과정이 될 것이라 믿어요

그대의 답신

기다리던 그대에게 전갈이 왔을 때
너무나 기뻐서
자신을 옭아매던 애착들이
아무런 의미가 없는 것처럼
느껴졌습니다

조심스럽고 치밀한
당신의 그 발걸음은
조금 당황스러웠지만

그대의 바람에 상응하는 길은
가슴 설레고 힘이 샘솟는
아름다운 일이어요

다소 무게감이 있고
의미가 있는 길을
우리 함께 걸어가요

그대에게 가는 길목

그대에게 가는 길은
멀고도 험하다

한가지 제한이 생겨
그 기간이 지나가면

새로운 문제가 발생해서
나를 힘들게 하고

어렵게 문제가 해결되면
누군가가 항쟁을 해온다

내 인생은
가파른 계곡의 물결처럼
빠르게 흘러가는데

언제쯤이면 그대를 만나
산전수전 겪고 난 여운 같은
무르익은 행복을 엮어보려나

초대

수많은 사연의 강을 따라와
이제는 만남을 이루어야 할
때가 다가왔네요

그대를 초대함에 있어서
어떤 노력의 과정보다
장황한 홍보성 설명이나
호사스러운 준비보다도

진심을 내보이는 것이
더욱 중요할진대

그대를 향한 내 마음
변함없이 빛나는 보석처럼
언제까지나 언제까지나
반짝반짝거리는 사랑만 줄게요
내게로 오세요

독신 인생의 그녀들

얼음판 위에 바스러진 모래와 지푸라기를
매서운 겨울바람이 쓸어가 버리듯이
내 마음의 일부를 갉아먹은 차갑고 건조한 날들

이름도 알 수 없는 그대
같은 공간에 있는 느낌만으로도
오로지 간절하기만 하던 아름다운 당신의 눈길을 무시한
채
차창 밖으로 멀어져 갔던 그 느낌이 생생한데

전동차 안에서
오늘은 또 다른 그녀를 만나
몇 년 만에 우연히 그녀를 만나
늙어가는 가녀린 그 육체처럼
말없이 웃음을 삼키려는 듯하다가
힘없이 피식거리며 웃는 그 모습을 보았다

눈가의 주름살보다
그것을 의식하며 애써 피하려는 모습이 슬프게 보여
웃음 짓는 그 눈빛도
말랑거리는 풍선에 바람 빠지듯이 사그라들어 더욱 슬프게
보여
오랫동안 내 마음이 떠나지 못했습니다

외로운 사람들이
한여름의 뜨거운 전등에 오글오글 달려드는 벌레처럼
기물거리는 빛을 찾아 모이는 그곳에서
제각기 다른 삶의 경로를 거쳐
사연을 간직한 채 모여든 그곳에서
그녀는 앙증맞게 꿈꾸는 듯한
동글동글한 그 생김새의 분위기와 포즈는 어디 가고
은근히 가슴을 기대오는 힘을 잃은 유혹은

그녀도 나도
잡다한 마음은 아무 데나 걸어 놓고 팽개치고
즐겁게 살아보려 하지만

어느 부분 충족되지 못하는 부분이
짙은 색깔로 썩어 가는 못이 되어
몸속에 녹으로 퍼져 깊어가는 이 밤

우리들의 이 길이
다양하게 살아가는 인간 세상 삶의 한 형태이며
그 과정이 어떤 의미를 갖고 있다 하여도
그 간의 사연 일부분이
사랑의 한 형태로 가치가 있다고 하여도
외롭게 살아가게 하는 모든 요소를 증오한다

그 원인이 결국 본인에게 있다고 하여도
풀 수 없는 실타래처럼 꼬여 있다고 해도
외로움에 이르게 하는 그 모든 것을 증오한다

그 외롭고 고통스러운 과정으로 인하여
어떤 대단한 업적이나 결과가 있다 해도
평화와 행복, 인간 본연의 본능을 저해하는
그 모든 것을 증오한다

그대의 자태

부귀영화를 누리고
불행의 고통을 겪은 사람은
세상에 두려울 것이 많지 않으리라

그대의 자태는
세상의 밝고 어두운 면을
모두 경험한 만큼
기품이 있고
때로는 냉정하다

개인적인 일상의 비중보다
공적인 중책에 열정으로 헌신하는
그대에게
존경의 마음과 함께
사랑을 보냅니다

사랑의 프리미엄

내 눈의 창가에 어른거리는
그대는 아름다운 최고의 꽃
나는 그대 마음속 최고의 가객

날씨는 흐리고 어두워
길은 잘 보이지도 않지만
그대를 향한 마음을 담아
깊은숨을 내쉬고
뜨거운 노래를 불러 줄게요

우리의 사랑이
깊은 사랑이면 그만이지
상투적인 잣대를 들이대야 하나요?
아름다운 사랑의 마음이 있으면 그만이지!
색깔로 구분해야 하나요?

그대라고 생각해요

불행한 가운데
섬광같이 빛나고도 아팠던 순간들로 이루어진
내 인생

외롭고 느린
실개천의 여정같이
불행한 청춘을 보냈는데

그대도 불행한 상처의 흔적을 나란히 남겼네요

우리 모든 과정을
서로가 함께
위로하고 어루만져서 달래줄 대상이어요

동행의 길을 걸어갈
그 위안의 대상이
그대라고 생각해요

기다리게 하지 마오

님이시여
더 이상 기다리게 하지 마오

이만큼의 연륜에
가을의 밤바람은 가슴을 파고들고
저 달은 차오르는 듯하면
어느새 이지러지는데

계절의 변화를 재촉하는
저 풀벌레 소리에
이내 마음속에도 바람이 일어
성급하게 쌀쌀해져서 겨울이 보일 듯
세월이 무참히 흐르는데

그대여
더 이상 기다리게 하지 마오